分かれ道

望月逸子　詩集

コールサック社

詩集

分かれ道

目次

第Ⅰ章　二つの楽章の間を

第Ⅱ章　樹の声

第Ⅲ章　落ち葉のパルティータ

詩集

分かれ道

望月逸子

第Ⅰ章　二つの楽章の間を

二つの楽章の間を

二つの楽章の間を
早春の冷気が流れるように
日没から
闇に移るつかのま
世界はプルシャンブルーに染まる

西空に
大粒の金のピアスが輝くとき
保育園からの帰り道

買ってもらったばかりのクレヨンを
しっかり持った少年と
潮の香りがする河口で浴びた青

ほかの子どもたちが
カーペットに残していった
埃と汗の匂いのなかで
少年はいつも最後の一人となって
母の迎えを待っていた
永遠に母を待ち続ける恐怖を
誰にも聴こえぬよう
飲み込みながら

河口にはすでにユリカモメの姿はなく

川も
　　海も
　　　　六甲の山なみも
ひとつの色に
満たされていた

日増しに入相《いりあい》が遅くなる季節
甲山《かぶとやま》の裾野から
闇が近づいて来るとき
新しいクレヨンを手にして帰る喜びを
少年は黙って握りしめていた

潮に交わる真水が
再び川に戻るように
今　少年と青年の間をたゆたう者を

かわたれ時の濃い青は
みぞおちまで染める

そして何時の日か
母が歳月をかけて
少しずつ
プルシャンブルーの夕景に溶けていたことに
気づくときがくるだろう

光と闇
愛と憎しみ
生と死

くっきりと境界線を引き
すたすた歩むことのできぬ不器用さを

図らずも受けついだ者へ
夜が昼を浸す汀に佇んだ記憶は
鮮やかに降りてくる

二つの楽章の間を
早春の息吹が流れるように
哀しみと　懐かしさの間に
ゆっくりと
群青の波が寄せる

あの子の夏休み

正午前の丸い大きな外灯には
太陽と入道雲が映っている
この球体に輝く発見を
窓から指差してあの子に見せたいのだが
彼女はすでに　そこに映る風景に溶けてしまっている

太ももにへたなタトゥーを自分で入れ
眠れない夜をこの部屋でタバコを吸いながら
わたしが読み残した小説を　かたっぱしから読んでいたあの子に
「わたしの三番目の子どもになって

いっしょに生きてくれませんか」
と言わなかった
夏休みのお祭りのようにあの子を迎え
海辺の家のおばさんになって朝昼晩
あの子がおいしそうにご飯を食べ
合掌する親指と人差し指の間に箸をのせてごちそうさまをするまでの
仕草のひとつひとつを
手をとめて　ながめていた

夏休みが終り
あの子はここを出て家賃を稼ぎ
一度離れた家族と恋人に向き合わなければならなかった
中枢抑制系の薬を十種類以上　医者に処方され
不眠の海で立ち泳ぎし続けながら……

あの子も選ばなかったのだ
海辺の家の三番目の子どもになって
仕事と介護に追われる里親の代わりに
ときには冷蔵庫の残り物をパズルのように組み合わせて夕飯を作り
ベランダのペチュニアに水をやってから夜間高校に行く
ありふれた日常の detail をこなす日々を

夕暮れ
あの子の声の色をした茜雲が
拡がりながら流れ始める

帰るところ

彼岸を過ぎても　渡る気配のないユリカモメの群に
パン屑を投げる人たち
湾の面に　午後の陽の光が乱反射していた

母上の納骨をすませ
あなたは故郷から帰ってきた

もう誰も住んでいない家を訪ねたというあなたが
不意に歌いだす
《故郷の廃家》

メゾソプラノの歌声がわたしの地下水に沁みる

小学生だったあなたの解けかけたおさげ髪
井戸で冷やしたスイカを叩く感触
背戸を開けて駆けていく足音

年に一度　花のとき
河口の町で再会し　かたわらに荷をおろす
言葉にできない旅の通奏低音を互いに響かせながら

帰る故郷のないわたしは
耳の底で起きていることを語った

　ようやくあの二楽章が流れだした
今流れている　ＡＮＤＡＮＴＥ

あなたはフルートを吹くときの首の傾げ方をして
わたしの話に頷いた

太陽の光を浴びて呼吸する若葉を繁らせ
葉の細胞が一斉に紅になるドミノを巻き起こし
余分な言の葉を一切もたず　冬を越し
梢の先まで桜色の樹液を巡らせ　花を咲かせることができたら
また　この樹の下で逢いましょう

夕刻の風が河を遡《さかのぼ》るとき
あなたは振り返り　羽衣橋で大きく手を挙げ
まだ通ったことのない道を歩きだした

雑木林で

ベートーヴェン弦楽四重奏曲　第八番ホ短調　作品五十九の二
《ラズモフスキー》第二番　第二楽章にのせて

雨上がりの雑木林
湿った落ち葉を踏みながら
陽の当たるところまで行こう

閉鎖病棟から少女がくれた詩には
冬が終わるころ　飛べないまま凍った鳥が溶けずに墜ちる
《奇妙な果実》の樹のことが書かれていた

『明けない夜はない　春がつづいて来ない冬はない』

大人たちはしたり顔でお決まりのフレーズを掲げてみせるが
ま昼や春に辛い記憶をもつ少女には
それは意味のないことばだったかもしれない

木立の向こう　雲を押し分け太陽がのぞく
　チーココイ　チーココイ
ベンチに腰掛けたとたん　コジュケイの呼び声が聴こえる

ローズヒップのお茶で温まりながら
スモークターキーのサンドイッチをほお張る

櫟《くぬぎ》の根元に　今年も小さな毬が散らばっている
ずんぐりとしたおかめどんぐりは
土の色に馴染んで　必ず毬より後に見つかる

どんぐりを拾いだすとやめられないのは
木の実やきのこを採りながら
狩猟に出かけた男たちを待っていた遠い記憶が
どこかに潜んでいるから　なのか

雑木林を抜けると視界が広がり
夜と昼の温度差が染め上げたアメリカ楓《フウ》の葉が舞っている

少女とわたし
　　男と女
　　　　夜と昼……

世界はたくさんの温度差に満ち
それらが生む　喜びと哀しみで
紅葉している

風待ち坂

夕刻の風は
堤防を下る坂道の中腹　タチアオイの咲く場所で
必ず待ち伏せしている
わたしはペダルをこぐのをやめ
胸から喉元へ駆け上がる風を纏《まと》いながら
坂を滑り降りる

初めて風に当たる雛のように瞼を閉じると
細胞から　過ぎ去った時の羽毛が生え
宮参りの朝　祖母に抱かれたわたしを包んだ梅雨の晴れ間の風が

おへその辺りを吹き抜ける

潮風の真中にたたずむだけで
訳もなく頬がゆるみ　パパゲーノのどんな嘘も赦せる気がする
昼の間に太陽を吸い込みすぎた大地に向け
海から来る風は
取り入れ忘れた洗濯物を揺らし
ペチュニアの濃い紫の首を揺らす
頚椎をもたないものたちはこんなにも自由に
風と遊ぶことができる

窓辺の椅子に　長い脚を組んで座り
洗ったばかりの髪を海風で乾かしていた少女は
ダミアの《暗い日曜日》が好きと言った鼻にかかる低音と
サティの《ジムノペディ》をさぐり弾きしていた細い手指と

夜の闇を怖れ　電気をつけたまま眠る弓型の腰と……
次の日に出会ったかもしれないカミキリムシや梅雨明けの風
それらすべてを放棄して逝ってしまった
閉め切った浴室で誰にも届かない烽火をあげて

今は
怖い記憶を気化させ
新生児微笑のようなそよ風より　もっと軽いなにものかになり
漂ったりせず　待ったりせず
何もないただなかに
あなたはいる

半夏生

梅雨あけのベランダに
今年もあなたが帰ってきた
ありがとうというのが苦手で
人前でパフォーマンスするのも好きではなかったのに
去年と同じアゲハ蝶の姿で来てくれた
すっかり馴染んだ黒と黄を基調にしたコスチュームで
わたしがあなたの親友だった柚子《ゆずこ》さんに会う日の朝を選んで

飛び方がずっと上達している
お隣のベランダに咲き乱れる薔薇に挨拶をしに行ったと思えば

すぐまた戻り
わたしの視界を超えて　縦横に遊ぶ姿は
去年のあなたにはみられなかった
そちらの世界でも成長ということがあるのですか
より軽やかに飛んでいるあなたに
『今年も来てくれて有難う』
蝶のように繊細な神経をしていたあなたを驚かさないよう
静止したまま心のなかで言う

閉鎖病棟から昨日開放病棟に移ったばかりの柚子さんは
リストカットの跡だらけの二つの腕を
半袖からつき出して
隠さない強さを誇示しているみたいだけど
それよりもっと強い薬の力に圧され　ことばは澱みがち
どうかもう一度彼女に言ってあげて

『柚子はそっちの世界に留まる人だ』と
あなたがたっぷり蜜を吸えるように
今年はジャスミンを植えてみたけれど
白い花の時期は終わってしまった
来年はもっと見事に咲かせてみせる
あなたが好きなパープル系の花のグラデーションも加えて
来年の梅雨明けに　またあなたが来てくれるのを待ちながら

柚子さんとわたし　似ているところが少し痛い
オンディーヌみたいに不思議な空気を醸すあなたと
ただ一緒にいるだけで　心がツーンとした
そしてわたしのベランダを飛んでいるのが
あなただということを
二人とも　微塵《みじん》も疑わない

祝婚歌

バゲットをかじった瞬間の
香ばしい皮の感触を
一緒に喜んでくれる人が
ぼくのそばにいる

テーブルが狭いから
学校給食みたいに　肩を触れ合って
ミルクティーを飲もう

まるでラマダーンが明けた朝のように

じゃがいものスープが　胃に届くまでを
克明に辿ることができる

ぼくたちが始めて迎える
breakfast

窓からさす光の粒が
あなたの背中で踊り
肩まであるあなたの髪を
金色に縁どる

春を告げるゼファーの風が
巨神タイタンの意地悪な熱い光線を
眩しく輝く光のお祭りに変えた

別々に生まれてきたぼくたちが
ひとつになり
この世に生まれなおした朝を祝うお祭りだ

暗く寒い森を
独り彷徨う心細さを
これからは決して味わわせない
ぼくの心は
ブルートパーズの空のように
あなただけを映して
澄み切っている

牧歌

あなたの寝室に流れ込む旋律は
ぼくからの誕生日プレゼント
聡明なあなたの耳奥の
かわいい蝸牛《かたつむり》を震わせ
夜明けのように始まるだろう

草原の上をゆく雲の流れに添い
ホルンの深い響きに乗り
ゆったりと欠伸《あくび》をしてください

あなたの傍らには
生まれたばかりのぼくたちの息子が
あなたの入海でみた夢の続きをみている
その小さな寝息に耳をつけて
眩しい命の温もりを確かめよう

生まれる前から真剣に握りしめている掌を
そっと開いてやると
みどり児の汗の匂いが　干した杏のような匂いを放つ

水草色の髪を靡《なび》かせる川の娘たちが
手ぎわよく摘みとった花々で
あなたと息子が眠る部屋を満たそう

あなたが白い腕を伸ばすと

花を包む空気が震え
香りの強い順に伝わってくる
あなたはきっと最初に薔薇の香に気づき　それを告げるだろう

腋の下に悪夢が生んだ寝汗が滲んでいても
朝の光の微粒子が
ヒポカンパスに積もる怖い記憶を溶かしてくれる
ぼくたちの泉は零《こぼ》れたミルクを惜しまず
新しい大地の乳を迸らせる

さあ　目覚めてください
ぼくの美しい　相棒

花のドミノ

コブシの花の白い狼煙《のろし》が
光の強くなった青空に一斉に挙がる
花のドミノが始まる合図だ
コブシに少し遅れて桜が開く

風の便りが　どんな鐘を鳴らして花に伝わるのか
落花を待ち受けたように　ツツジの赤紫の蕾が顔を出す
ツツジは　咲いてしまうとそれぞれの方向を向くのに
蕾のあいだはどれも垂直に天を指し示すのは何故

ライラック

桐　藤　エニシダ

オオデマリ

あの日　花のウェーブに乗り
男の子が元気な産声をあげた
光と水の戯れのただ中に
小さな握りこぶしを頬に添えてやってきて
導かれなくても
眼を閉じたまま乳を探り当て
乳足りると眠る

わたしはその確かなリズムに　無条件に応じた
あの子は天を真っ直ぐに示す蕾だった

無数の蕾が　めいめいの方向を見つけて開き
そして頂いた命をまっとうするあいだ
空から降りこぼれて良いものは
陽の光と　雨の雫
それより他の余計なものは
無数の蕾の意志の上に
二度と再び降ってくるな

ピヨピヨ

視界を鳥が横切るたびに
幼い人はいち早くそれを見つけ　ピヨピヨという

ゆっくり空を旋回する鳶を
目指す方向に真っ直ぐ首を延ばす雁の群を……
その子は小さな人差し指で示し
とびきり大きな声を張り上げ
ピヨピヨと叫ぶ

斜面を両足跳びする椋鳥《むくどり》も

小走りで茂みに隠れる鶺鴒《せきれい》も……
瞬時にピヨピヨの仲間に仕分けられ
彼女の強く透る声に捕まえられる

いつかわたしが
翼も嘴《くちばし》もない異形の鳥
かたちさえ持たない透明な存在になり
母親の夕餉の支度を手伝う少女の口元に
あの日と同じ笑窪ができるのを見つめていると
その子はピヨピヨの気配を感じて
静かに首を上げる

彼女にしか視えないピヨピヨになる未来と
〈いないいないばあ〉をくり返し
瞬間的に絵本の陰に姿を消している今との間に

幾度　二月が訪れるのか

鳥たちが悠々と舞う空に
それを追いかけ　ピヨピヨと呼ぶ子の野に
戦と　その企みの影と
ニガヨモギがはびこることのない世を！

つかのま
早春の息がフルートを吹き抜け
チェンバロの音は
祈る人の鼓動のように　響き渡る

干潟より

母の満ち潮に　踝《くるぶし》までつかり
幼い姉妹は貝を拾った

スカートを濡らしてしまった四歳のわたしは
セーターに編みこまれたアヒルが
ここに放つと泳げるかと　とぼけてみせた
そんなわけないでしょうと
母は笑って小さな失敗を許した

母の干潟に姉妹は佇む

母は　臍《へそ》の緒《お》で命をつないでいたときに遡り
点滴の管に繋がれていた
何も持たず
身動きさえできなくても
微笑むことで　人は誰かを幸せにできる

すでに光を背にする人影さえ見えなくなった人の耳元で
姉と『はるかな友へ』を二重唱する
台所で食器を洗いながら歌った日々
娘たちが確かに傍らにいた渚を
母はたゆたう

微笑み　　見つめ　　耳を傾け
息をする

舟旅の荷を
ひとつひとつ海に捨て
捨てるものがなにもなくなった　未明
方位磁石となった母のからだが　三度しなり
何処かを指して旅立つ

《わたしたちは　どこからきて　どこへいくのか》

永遠の安息を求める澄んだ歌声が
霧の干潟を　渡る

父の岸辺

湖にたつ波はどこから来るの？
　湖を浮かべている地球が
　自転しているからだよ
わたしたちは地球の揺りかごに
揺すられている

銀色の光の帯に浮く水鳥が
反射して　消える

温度差のある水どうし交わらないまま
　違う種類の生き物を棲まわせているらしい

あれはカイツブリ？
鴨のように群れをつくらないの？
　鳰鳥《におどり》の葛飾早稲を饗すともその愛しきを外に立てめやも

ほら湖の向こうの山　紫色に煙っている
何の色かしら？
　水鳥の鴨の羽の色の春山のおぼつかなくも思はゆるかも
　山が冬から目覚める合図の色だ

少女はいくつもの「なぜ」を父に発した
父はみぞおちから湧き上がる渡りの予感や
胸に横たわる銀河を
同じ形の耳をもつ少女に注いだ

歳月は遺された父の言葉を紡ぎ
一篇の詩を生み落とす

巡　礼

珊瑚でできた離島に
三男として産声を上げたときから
あなたは彼の地をめざしていた

そして七十九年前　あなたはパスポートをもって
一人本土の土を踏んだ
今　保湿液のついたわたしの掌に包まれ擦られているこの足で

酸素マスクをずらした　しみだらけの顔に

おとうさん

帰りますね
またあした

あんただれや？

曇り硝子のような眼をわたしに向け
わからないことに苛立ちながらあなたは問う

あなたの三番目の息子の妻です
あなたの孫を生みました
　男の子を二人

どこへかえる？

海のみえる家に

どうやってかえる？

バスを乗り継いで電車に乗って最後に自転車をこいで帰ります

たいへんやなあ　きいつけてかえり

あなたはもっともっと遥かなところを目指しているのに
仮の住いに退くわたしへ
不意に労いのことばをくれた

唐黍畑であんまぁの乳を飲むときに
空を蹴った小さな足
山羊小屋の柵でつかまり立ちをしてみせた肉づきのいい太腿……

今　食べ物を受けつけなくなったあなたのからだには
駱駝色の強張った皮で覆われた脚がついている

あなたは一度も故郷を懐かしむことばを発しなかったが
ときおり　あなたの胸底に南風が吹き
三線の音がながれていた
巡礼たちが辿りつく彼の地には
歌舞音曲は赦されているのだろうか
まして指笛など……

わたしはそっと　この誇り高い巡礼に
白いカバーで覆われた布団をかけなおし
深々と頭を下げて
病室を出た

第Ⅱ章　樹の声

天空の旅

漆黒の哀しみをのせて
太陽のまわりを一周すると
その哀しみは消えるだろうか……

日没後の深い藍色に染まり
戻ってくる

深い藍色の哀しみをのせて
再び太陽のまわりを一周すると
その哀しみは消えるだろうか……

夜明け前のプルシャンブルーに染まり
戻ってくる

そうして太陽のまわりを
何度も巡るうちに
哀しみの色と喜びの色が
ほとんど同じ明るさと鮮やかさを保ち
哀しみとも喜びとも
名づけられなくなるときが
やってくるはずだ

初夏に生まれたみどり児が
ガーゼの産衣ごしに九月の冷気を知り
母の腕に　泣きやむまで

喜遊曲を演奏するさなか
弦の音がひとつに絞り上げられる極まりに
からだの奥底から噴きでる涙

守護天使が背後で躓《つまず》き
危うく命のコードが抜けそうになったりしたが
太陽を巡る旅をつづけるうちに
不器用な天使の翼を薔薇色に染め
微笑み差しぐむ朝焼けのときに遭《あ》うだろう
哀しみと喜びの成分はほとんど同じものだから

金星

陸橋から眺める西の空に金星はすでに沈んでいた
大きくまたたいているのは惑星ではなく　琴座のベガだ
ジュピターは南天に不動の位置をしめている

贈り物は　手のひらにのらないものがいい

海からベランダへ届く潮を含む夜明けの冷気
オホーツク海に帰るカモメたちの声
自転車を飛ばしながらその年初めて嗅ぐ金木犀の香り
とりわけ　巴水《はすい》の浮世絵のような夕焼けでしめくくられる西空

そこに見つけた　Ｖｅｎｕｓ
何度聴いても覚えられない楽章のような儚《はかな》い秋の惑星を
先に見つけた方が贈ろう
　ひと日の終りの挨拶として

＊　＊　＊

不意に贈り物の届け先を亡くしてしまった今……
一億万キロ彼方から光を発するあの夕星《ゆうずつ》が
一番近い隣人だ

　冬の訪れとともに
Ｖｅｎｕｓは隠すことのできない強い光を放ちはじめる
三日月にぶら下がり宇宙ブランコをするじゃじゃ馬Ｖｅｎｕｓと
孤高の星Ｊｕｐｉｔｅｒとの埋まらない距離

人と人との隔たりも
それぞれが輝き
玉の釣瓶《つるべ》を下ろして地下水を汲むために
必要だったのだと
距離を超えて　逝ってしまった人に
告げる

カッサンドラの予言

凍える地下道を
松明の灯をたよりに歩く
我を抱きしめようとするアポロンの手を振りほどき
ここまで逃れてきた

地上への出口を求め
歩を進める
母の胎に宿ったときより
この胸に張られていた一条の弦が
あえなく絶たれてしまった今

足は大理石のように重い

アポロンが我に残した贈り物は
誰にも信じられぬ
誰にも喜ばれぬ
予知の力
一口も味わわぬまま
オレンジの腐臭を嗅ぐように
アポロンとの恋の終わりを
序幕にみた

闇に仄《ほの》白く浮くスクリーン
そこに映しだされる
トロイアと我の
忌まわしい

未来

目を細め
焦点を移すと
たちまち降り来る
幻視

トロイアに迫る災いを口にすると
《今》を食べることに懸命な家族は
銀のフォークとナイフを握ったまま
顔を曇らせ　我を退ける
少しでも長く
看板に描かれた安寧を　貪るために
誤って望遠鏡を逆しまに覗いたように
父母が　遠ざかる

あれから
幾千もの時を葬ったが
この惑星はまだ
カッサンドラへの負債を支払うことなく
回り続けている

アポロンの呪縛を解く知恵をもち
海を染める冬茜に
謐《しず》かに祈る背と
腕を
無数に持ちながら

雄ヤマネのDOMから雌オコジョのMOONへの手紙

おまえはコマクサの茎を
鼻先で揺らす

遠くのイワヒバリの声にも
足を止め
先の黒い尾を立てる

互いの体温に沈み
丸くなると
ぼくたちはすぐに眠りに落ちる

秋が終わるころ
おまえはしだいに毛の色を変えはじめ
純白の冬毛になった日
突然　姿を消した
一緒に冬眠するのが
夢だと言っていたのに
独り雪野で耳を立て
風の音を聴いているのか

おまえがいなくなったとたん
視界の半分が見えなくなり
穴の中でうめき続けた
鼻水が凍って
髭を覆った

コブシの花が
開きかけた指を
また閉じる夕べ

ブルーベリーのような
丸い眼が近づいてくる
からだは残雪にまぎれて見えないが
ぼくにはその光る眼が誰のものか分かる

おかえり
MOON
冬のあいだは
眠ってしまうぼくを措《お》いて
どこに行ってもいい

春の足音になって
帰ってきてくれるなら

おまえと駆ける
霧深い頂
渉って行く
雪渓
一緒にいるところすべてが
ぼくたちの棲みか

季節とともに
呼吸し
月とともに
蘇生するところ

肉球〜黒いラブラドールへの挽歌〜

お手をするとあなたはわたしの前足を裏返しかわいい肉球ですねと
セラピストのように優雅にわたしの足裏に触れた
そんなところを褒められたことのないわたしは
じっとあなたの眼を見つめていた
あなたは好奇心に満ちたいい眼ですねと
ゆっくりとわたしの黒光りする背を尻尾まで撫でた

連れ合いを亡くしてから一人暮らしのサチコサンは
だんだんわたしより小柄になり
散歩をするときもほとんどわたしに話しかけず

わたしの口に小さな籠のようなものを嵌《は》めるようになった
海風に当たるのは嬉しいがあれをなんと呼ぶのか
とにかくあれをつけられる度に気分が滅入る
むやみに吠えたり噛んだりしない血統のプライドだけは
もっているつもりなのだが
もっと草の匂いを嗅いでいたいわたしを
歩く方向に連れ戻すときも
サチコサンはぐいと無言でリードを引っ張るだけだが
人間はそういうものだと思っていた
あなたに肉球を褒められたあの日までは
あれから海沿いの道を散歩するとき
あなたに出会うことをひそかに待っていた
会えば後ろ脚で立ちわたしの両方の肉球を差し出した
尾を振りながらあなたの声を聴いた
あなたの手のひらから熱いものが流れてくる音を聴いた

夏の終りわたしは体調を崩し食欲を失っていた
サチコサンはわたしを獣医に診せたが
こともなげに老衰だと言われた

稲妻が俄《にわ》かに照らすベランダ
隣家のベランダに灯りが漏れあなたが暮らしている気配がする
わたしは何故かそのとき自分の最期を予感した
サチコサンは雷雨を避けてガラス戸を閉めカーテンも引いた
わたしは力をふりしぼって吠えた
だがなぜ吠えているのかだんだんわからなくなり
混濁した意識のなかで……

光る内海に跳ねるハゼ
雪の降る朝一斉に舞うカモメ

わたしの鼻先をチョンチョン行き来する雀《すずめ》
とりわけわたしの肉球を愛しんだあなた

黒い雲が吹き飛び
赤い半月が西空に大きく浮いた
犬として生きた最後の夜更け

視えない五線譜

朝の木漏れ日がさす森で
耳つきオーバーオールのかたちをした蛹の殻を破り
アゲハ蝶は
初めて湿った翅《はね》に風を受けた

　ああ　せなかについているものがちゅうにうきそうで
　からだがそれについていきそうで

蛹《さなぎ》の殻を残したハジカミの葉っぱが強い香りを放つ
ひたすらこの小さな葉を食べた青虫のときの記憶は

蛹の殻にはりついたまま眠っているのか

あのせまいところにどれだけいたのだろう
たてになっているのか
よこになっているのか
わからないまま　ねむりつづけた
じぶんがだれなのか
わすれるくらい　ねむりつづけた

翅を開くと胴体が露わになり
初夏の陽の光がアゲハ蝶のからだを巡りはじめる
小刻みに胸の飛翔筋を震わせると
からだがさらに熱くなる

ああ　せなかについているものがかぜになりそうで

わたしのすべてがかぜになりそうで

ついにアゲハ蝶は飛ぶ
地面近く浮くように飛び
ノアザミにとまってはまた飛ぶ

ひときわ大きな欅《けやき》の樹が
透明な葉の繁る枝をすべて　天に向けていた

脱皮したばかりのアゲハ蝶は
視えない弦を操るロシアのテルミン奏者のように
視えない五線譜を上下し
欅の樹のまわりをカデンツァ風に舞ったあと
つぎの楽章につづく新しい軌道を飛んで行った

風はどこから来るのか

トレニアの花殻を摘む指先から　頬へ
初秋の風と太陽の余熱が交わりながら伝わってくる

あれは　生まれて四度目の秋
自由時間というブランコを漕ぐことが
わたしのただひとつの仕事であった

母が干しあげた洗い張りの〈ハンモック〉の下を
身を屈めて　何度も潜って遊んだあと
縁側でちらしの裏に絵本で見たアラジンをクレヨンで描いた

太陽が〈ひさこちゃんとこ〉の二階を染めて遠のいていく時
釜で炊くご飯の匂いに混じってオシロイバナが微かに香る

コスモスの葉を
指の間につまんで擦ると
つんと青臭い香りが立ちのぼり
花芯に鼻をつけ　同じ種類の匂いを確かめる
たちまち起きる一陣の風
それがからだの外から吹いて来るのか
自分の内側から湧き起こっているのか分からなくなり
幼い私は風が止むまで身動きできず立ちすくんでいた

半世紀以上遡る記憶のトンネル
唐突に甦る風を生む感覚にわたしは再び立ち止まる

外で存分に風を浴びること
美味しい空気を吸うこと
それが比喩ではなく贅沢と呼ばれる時代を子どもらに遺し
人は何処《いずこ》を目指すのか

『生きる』という言葉は
『息をする』から生まれた

子どもたちは　光の中に生まれた時から
産声とともに　肺呼吸を始め
細胞のすみずみに季節の風を送り込んできた

風が運ぶ草花の香りを嗅ぎ分け
全身に風紋を刻みながら

たいせつなものへ

ドヴォルザーク弦楽四重奏曲　第十二番へ長調
作品九十六《アメリカ》に寄せて

第一章　始まりの空

朝焼けが始まる
空の色が　ミッドナイトブルーから
青磁色に移りゆくまで……

一番鳥が今日の空もようを知らせる

薄墨色に広がり始めた雲は
朝日を吸い込み　にわかに光を帯びた朱鷺色《ときいろ》に変わる

やがて　朱色の雲の海原が
凪に千切れながら　ゆっくり西を向いて流れだす
五十億年前に飛び出ていった　この第三惑星に
太陽は一日《ひとひ》の始まりを告げ
創世記のように　大地を金色の光で縁取る

第二章　今もそこにいる

故郷の丘の上には
一本の大きな欅の樹が　夕日を背にして　秋風にそよいでいた
幼いわたしを包んだ　夕焼けの温もりと匂い
杏色の空気に頬を染めて欅の下に立ち　姉と空を見上げた
星にも　一つひとつ名前があることを知らなかったわたしが
唯一　見分けることのできた星

「一番星見つけた！」
誰にも取られまいとして大きな声で急いで言う
あれが金星だったということを　ずいぶん後で知った

故郷の丘の上から見える風景は　移ろい
そのとき　傍らに居た人たちはもう　誰もいない
幼いわたしに居場所をくれた欅の樹と
そこから仰ぎ見る夕星《ゆうずつ》だけが　今もそこにいて
分け隔てのない影と
宇宙の哀しみを潜り抜けてきた光を　投げかける

第三章　鳥祭

母の胎内の命の種であったときから

わたしは一本の弦をもっている
満ち潮に鳴り
満月に響き
銀色の魚が波間に跳ねると素早くピチカートで返事をする
ほかの誰かの心の弦が鳴ると
わたしのたましいの弦が木霊《こだま》する
とりわけ　鳥の歌声が好きなのは
きっと　わたしの弦が一緒に　トレモロで歌うからだ

ツツピー・ツツピー
恋の歌を歌い続けるヤマガラ

朴の白い花影に
ホイヒーピピ・ヒーリリ
ほかの鳥の卵を育てる　お人よしのオオルリが鳴く

ピックルル・ホーシー
ブナの葉陰からキビタキのオレンジの胸がのぞく
鳥祭りが始まった
六連符で小走りして止まる　セグロセキレイも
裏が白い翼を広げたとたん　飛天のように優雅に舞う
風が渡ると　樹々の葉が拍手のざわめきを伝え合う
鳥祭りは始まったばかり

第四章　歳月

故郷の欅の根元にすわり　大きな丸い樹の影に護られ
ゆっくり　幹にもたれかかると
背中越しに　あれからのわたしの歳月が
年輪の層のなかに吸い取られ

樹を巡り　清められる

こんなにも　地上の命に抱《いだ》かれて生かされていたことを
長いあいだ　忘れていた
たいせつなことを黙って教えてくれていた故郷の欅の樹に
人は　なにを返していけばいいのだろうか

列車の窓から　振り返ると
緑の炎を掲げる欅の丘が　遠ざかっていく

樹の声

昼下がりの川沿いの道
太陽は明日から
少しずつ北半球に軌道を寄せる

足元に枯れ松葉が重なりながら
西に傾く太陽にともない
光の明るさを変えて　輝く

乱反射する金色の針が
川辺に散りばめられていることに目もくれず

その上を踏みしめながら通り過ぎた
わたしの歳月
枝先の枯れ松葉は真っ直ぐ地面を指し
静かに風を待っている

＊　＊　＊

湾の波間に無数の光の粒が躍り
ユリカモメたちの渡りの日が近づく
波を浜辺に寄せつけず　東に押しやってきた冬の風の
長い休止符の間
コートを脱ぎ〈私の欅〉に会いに行く新しい季節が
湾に兆しはじめた

欅の根元に座り
幹に全身の力を預けると
一対のセキレイが近づいてくるだろう
全身を巡る水と樹液の按配《あんばい》に全てを任せ
薄い葉を風にそよがせ立ち尽くす欅の
年輪毎に溜められてきた声が
私の背中に
響く

樹の鼓動が伝わる瞬間を想い
一年で一番長い夜を　今年また　越える

早春の森に行ってきました

野面《のづら》に光を受ける馬酔木《あしび》　三椏《みつまた》
早春の花々は
雪に耐えて待ち続けたものの
静かに甘い香りがする

蕗《ふき》の薹《とう》の花芽は　ほの苦く
山葵《わさび》の葉を噛むと
後から辛さが追いかけてくる

森の冬を越えてきたものたちの

静寂な甘さ
仄かな苦さ
あとで気づく辛さが
わたしたちの細胞を
ひとつひとつ揺らし　目覚めさせていく

わたしたちは細胞から気づいていった
遡れば〈森と暮らす人〉であったことを
地球の表面積のたった三割の陸《おか》に住む
命の種のひとつでしかないことを

何度も繰り返された
「まだ間に合うのか」という問いかけに
わたしたちは応えるだろう

間に合わせるしかない！
不夜城に点滅する大量の光の渦の下敷きとなり
滅びるわけにはいかない！と

第Ⅲ章　落ち葉のパルティータ

落ち葉のパルティータ

桜葉は　生涯に一度
大地に風の便りを届ける

花の散り際の一片《ひとひら》の声
体当たりしてきたクマゼミの翅のわななき
ある日唐突に訪れた早朝の冷気……

梢に生きた無数の歓びを一枚の葉に染め上げ
風に乗せて
大地に差し出す
一年かけて彩られた錦の贈り物

墓標となり
養分となり
ついには大地そのものになる　命のオード

なぜ人は
落ち葉を拾うのか……

歳月を経て
落ち葉を拾う行為の意味が
ようやくいま　わかりかけた
というのに

窓を開け放ち　太陽を仰ぎ
海風を肺に吸い込む
洗濯物や布団をベランダに干し

シチューに欠かせない庭のローズマリーを摘む……
日々の暮らしの
ささやかな喜びのひとこまひとこまに
目に見えない赤紙が貼られ　差し押さえられていく

色づく落ち葉を拾う人たちが暮らす
山並みに囲まれたこの美しい国で
もう落ち葉を
拾っては　いけないという

《落ち葉のマットにダイビングし
　色とりどりの葉っぱを撒き散らして遊んだ
　　大きなかしわの葉で　お面を作って笑いあった》

落ち葉に降り積もる記憶を
この国の伝説にしてはならない

しるし

五月五日
少年たちは　柱の前で〈気をつけ〉をし
頭に分厚い本をのせられ
神妙な顔で柱に背丈のしるしをつけてもらう

「剛志《つよし》は八センチも伸びているぞ」
「やったあー」
「お兄ちゃんすごいなあ」
「二人とも　伸び盛りねえ」

柱に刻んだのは
一年間の　命のしるし
今年も伸びるぞという想いのしるし
家族がそこで　普通に暮らしてきたしるし……

あの日
二〇一一年　三月十一日を境に
しるしを刻む柱を失った子どもたちが
どれだけ　いるのか
無人となった家で
誰にもしるしを刻まれなくなった柱が
どれだけ　立ちつくしているのか

取り戻さなければならないのは
「経済大国　日本」でも

「戦争ができる国　日本」でもない

本当にほしいのは
柱の木目が記憶している
輝く命のしるしだ

責任

小さな湾を梅雨の晴れ間の太陽は浅い緋色に染めはじめる
あれは夏至の日の夕刻
生まれたばかりの〈わたしの男の子〉を抱いた
友人にも恋人にも夫にも　〈わたしの〉という所有格をつけて
呼んだことはなかった
この水を湛える惑星で　息をする空間を共にした人たち
その稀有な確率に恐れ戦《おのの》くばかりで……

嬰児《みどりご》はわたしの乳房がどこにあるかちゃんと知っていて
乳首とぴったり合う大きさの口を開け
当然のように　目を閉じたまま初めての乳を飲みはじめた

満ち潮に乗り
わたしの入り江を潜り抜け
光のなかに来て全身が紫色になるまで声を振り絞って泣き
そして乳足りて眠る子を
〈わたしの男の子〉と呼んだ
そのときたしかに「責任」が生じたのだ

五十数億年前に太陽がひり出した星を　滅亡に導く計画が
秘密裏に始まったのは
わずか七十年前のこと
大地や海に生きるすべての命との共存は不可能な

ウラン　プルトニウム
それらを使った爆弾が開発され
たて続けに日本に落とされた

ああなのにわたしたちは糖衣錠タイプの鎮痛剤を朝晩飲み
たくさんのDEATH《死神》に囲まれて生きる恐怖や痛みから逃れた

故郷で暮らすあたりまえの日々を失った人々が
いま　語りかける

半夏生のときを鮮やかに染める　田植えを終えたばかりの水田
　たくさんのドングリを落とす落葉樹の森
　　潮騒を聴きながらヒジキを採る磯
　　　沖で跳ねる銀の魚の群れ

ご先祖が遺された素晴らしい山河を
二度と失わないでください！

夏至がまた巡って来る
無数の嬰児《みどりご》が
母の胸の MILKY WAY《天の川》を求めて口を開く

祈り

あの原発事故の日から　一度も開かれていない窓の内側より
あなたが呟きの礫《つぶて》を投げていたとき
わたしの心は音楽を失っていた

つぎつぎと遺体が打ち寄せられる　白波が立つ浜辺に
どうしても毎日足が向いてしまうと
あなたの便りが告げてきたとき
わたしは光を無くしていた

二十年前の神戸の街には

潰《つい》えた建物を建て直すための　更地があった
家の下敷きになった幼子を葬るための小さな棺は
順番を待てば届いた
そんな酷《むご》いことさえ《せめてもの幸い》と呼ばねばならない日常が
あの日　いきなり押し寄せてくることなど
誰も想像することができなかった

死者　一万五千八百九十四　人
行方不明者　二千五百六十一　人
避難者　十七万四千　人

家々の黒光りする柱に馴染んでいた
無数の日めくりは
二〇一一年　三月十一日のまま
今も海原を漂いつづける

私は神戸の街で捜した
失った音楽と
無くした光と
それらを身にまとう人々を

空も海も　小さな列島を巡りつながっている
出口も羅針盤もない箱舟に乗りこみ
この水の惑星の命を傷つけながら漂流を続けるのは
もうやめよう！
すでにたくさんの人たちが箱舟から降り
声をあげながら　桟橋を渡っている

風を食べ
太陽を吸い込むために
新しいホモ・サピエンスとして生まれ変わるために

さあ鎮魂の歌と祈りを捧げよう
喪ったたいせつなもののために
闇の中でこそ出会えた
光のために

音の葉

シェーンベルク　五つのピアノ曲　作品二十三　第三曲にのせて

わたしたちはもう
美しい旋律を追いかけることはできない
投げられた音をからだで受ける
音に打たれるのだ
背中へも　みぞおちへも
ピアノの音が
落ちるに任せる

音と音を結ぶ親和性も

予定調和の起承転結も　持たない

子どものとき探り弾きしながら偶然生まれた曲のように
いつ終ったものかと一方で考えながら
指はどこまでも動き止まない
トリルの瞬間だけ
馴染みの世界が還ってきて
またすぐどこか知らないところへ連れて行かれる

世界中が戦慄したあの日から
わたしたちは
心地よい調べを生む約束ごとを喪ってしまった　難民である

余韻に浸ろうとする瞬間
右手で叩きつける不協和音が

蝸牛《かぎゅう》神経に突き刺さる

音楽からも
詩からも遠く
二十一世紀のノアの箱舟が帆を揚げる

少なくとも生きている間に終末は来ないという
根拠のない前提を
なんと……なんと長いあいだ飼い慣らしてきたのだろう

放射能汚染水を垂れ流す想定で選ばれた
海を臨む立地条件
なにも核分裂を起こさなくても湯は沸かせるのに
最終目的を隠すためには
発電所の体裁が必要だった

浜辺で毎朝パンの耳を撒かれていても
季がくればユリカモメたちは
真っ直ぐ北を目指して飛び立って行く

餌を撒かれて種を裏切るのは
おそらくヒトだけだ

箱舟が出て行く
その最後の音のために　それまでの全ての音があったと解る
響きをのせて……

二〇一五年の意志表示

キュルキュルキュル　キュルキュルキュル
夜明けの湾に反射する　海鳥の高い声
「ああ　あれはコアジサジのホバリング
　魚を捕まえるために　真っ逆さまに海に墜ちて行くの」
手をつなぐ幼い人にそっと伝える
淡水と海水が交わる辺り
雛たちは　いきなり川面を全速力で滑ってみせ

小さな声を発信し続ける
母鳥はただゆったりと傍にいて
はるかに低い声で応えている

＊　＊　＊

海鳥の声が響く
私と孫たちの明日に
突然　個人番号のタグが括り付けられ
『国民の幸せ』と書かれた
窮屈な鉛の箱に詰め込まれる

息子たちの明日は
『国の平和』と書かれた迷彩色のコンテナに
無造作に　積み込まれていく……

＊＊＊

わたしたちの明日が
目を開けても終わらない悪夢に覆われてしまわないよう
今日ここに立つ

二〇一五年　七月十八日午後一時ちょうど
駅前で　広場で
全国一斉に　プラカードを掲げて立ち
許さない一人になる

「有事」の名のもとに
人の命や暮らしや財産を
勝手に差し押さえ　そして奪う犯罪を

許さない一人になる

侵略の歴史に蜜蝋を垂らし封印したまま
くり返し隣国の名を貶め憎悪を煽ろうとする者らを
許さない一人になる

ヴィオラを演奏する陽気な息子が
楽器の代わりに武器を持たされ
人を殺すことを
許さない一人になる

「なんで七十年間大切に護ってきたものを
　簡単に終わらせられなきゃならないのですか！」
身をよじらせて叫ぶ　若者の隣で
許さない一人になる

八月の草

「我が党のアジェンダを読みましたか？
答えは全てそこに書いてあります」
国会議員第一秘書は
野太い声で「アジェンダ」を連呼した

ああ　そんなことを言っている間も
福島では放射線量の高い小学校で
あの事故がまるでなかったかのように
水泳の授業が行われている

民草
　　草の根

根なし草

民衆を草に喩《たと》えるとき
若干の侮蔑と
そして少し怖れも混じっていないか？
意志をもつ市民が
八月の草のように
広場を埋め尽くすことへの怖れが

クズ
　ヤブガラシ
　　ヒメジオン

巻きつく草を探して　葛の蔓《つる》は伸びる
大きな葉は幾重にもうち重なりながら
八月の昼下がりの熱を内にこもらせている

乱反射

Ⅰ

八月の海……
沖でボラが次々に高く跳ねる
それはオスのボラの　求愛のジャンプ
地位や金やことばで身を飾る術をもたない生き物が
命の水から踊り出て
伴侶を求めて命を繋ぐ

二月の海……

ユリカモメの群れは
エシャーの騙《だま》し絵のように
一気に白波を剥がして飛び立ち
吹雪く空を悠然と舞う

鰭をもつ同じ仲間どうし
翼をもつ同じ仲間どうし
群れを成して殺しあったりはしない
命を受け継ぎ育てることより深い喜びと哀しみを知らない
海に生き　空に生きる物ら

二本の足で歩く生き物は
同じ類を空から殺し
報復して殺し
敵の真中

自らボタンを押して炸裂する砲弾として
同胞の命を使い続ける

Ⅱ

事故を起こした原発からは
毎日四百トンの放射能汚染水が海に流れ続け
巨大な凍った土の壁を築いても防げない

破壊された原子炉建屋の中に
事故の原因を探りに行ったロボットは
戻って来ない

放射能で汚染され　削りとられた土は

黒い大きなフレコンバックに姿を変えて村を覆う
《豊かな国土と
　そこに根を下ろす人々の暮らし》
同胞の生存そのものを賭けて打つ
原発推進という名のギャンブル依存症……

冬至の海
夜明けの湾岸を犬と人の影が走り抜ける
薄墨色の厚い雲の向こうに
低く日が昇る

群れて飛び立つ方向へ
揃って伸ばす鴨の首筋が
昇りたての陽の光に縁取られ
仄かに輝く

命の始まりを祝う
一年で最も昼が短い一日が
音もなく　廻り始める

ベガの瞬《またた》き

この星の川を渡り
光の速さで駆けて行っても
あなたのところに辿り着くのに
十四年もの歳月が必要だという

十四光年のへだたりを噛みしめながら
わたしは瞬く
伝えるものは光
それより他にわたしは愛の証をもたない

あの蒼い星に棲む　異星人たちは知っているのか
月の舟人も
尾の長いカササギも
十四光年の隔たりをまたいで
わたしをあなたのもとに　ついに運べなかったということを

水を湛える惑星の
とりわけ小さな列島に住む人々
父を　夫を　子どもらを……
国防軍の兵士として召し上げようとする波が
膝まで浸しながら押し寄せているとき……

若者は恋人の腰に手を回し歩いている
あるいは独り耳にイヤホンをつけ　携帯電話を握りしめ
ビラを撒く手を巧みに拒み通り過ぎる

《如何なる理由があろうと　わたしはこの手で人を殺めることはできません》

あたりまえのことをあたりまえに述べることが難しい国を
急場しのぎのトタン屋根を被せて作ろうとする人たちがいる

もっと強く握りしめなければならないものは何？
心の底から拒まねばならないものは何？

わたしは瞬く
瞬き続ける
伝えるものは光
それより他に　命を生みだした稀有な星に届けるものを
何も　持たない

あとがき

　私は小学校の特別支援学級の担任を、新任のときより希望して続けて参りました。通常学級での《共に育つ学び》を支える一方、子ども等と共に孵化し飛び立つ蝶を見送り、苗から育てたサツマイモを掘り出すなど、自然の命の営みに直に触れる毎日を送っていました。

　食べ盛りの男の子等が、家で待ち構えている日々、往復の通勤電車の中が、私の唯一の読書空間でした。詩人石川逸子さんの『ヒロシマ連祷』『ゆれる木槿花』などの詩集を次々に読むことで、多忙な日常の中に、そっと心の支柱を立てていたのかもしれません。

　私のペンネームの逸子は、短歌を作り始めた頃、敬愛する石川逸子さんから無断で拝借したものです。この度は、その石川さんから一篇の詩のようなお心のこもった帯文を賜り、このうえない喜びと有難さで胸がいっぱいです。

常に戦争や核の被害にあわれた人々に深く寄り添われ、詩作品で「人間の証」を示し続けてこられました石川逸子さん。ペンの力で、毅然と時代に向き合って来られた石川さんが点されます灯を見失わないよう歩いて参りたいと思います。

私の住いは、阪神淡路大震災の激震地だったところにあります。幸い倒壊は免れましたが、ガスや水道が通じない瓦礫の街で生活した数ヶ月後、疲れた心と体に染み透るように、音楽がより深く響く体験を致しました。その後、好きな曲にぴったりはまるように詩を組み立て、その曲にのせて自作を朗読するという独自の試みが始まりました。実はこの詩集の作品全てに、自分で選んだコラボレーションの相手の楽曲がありま す。短歌の三十一音の器の代わりに、好きな楽章という器にことばを盛るオリジナルの取り組みを始めて、十九年目になりました。

歌人の間鍋三和子さんは、短歌結社『未来』に所属していました当時の大先輩で、私が詩と音楽のコラボレーションを試み始めた頃より、ご自身が主宰されています短歌誌『縄葛』にジャンルの異なる拙作品を温かく迎え、支えて下さっています。作品発表の場がなければ、私の試みは足跡を残すことさえ困難でした。間鍋さんに心より感謝申し上げます。

デザイナーの杉山静香さんには、手から清浄な気が伝わるような装丁で第一詩集を飾って頂きました。私の心象風景が、そのまま表紙に映し出されたようで、驚きと喜びをかみしめています。

ご自身も詩人であり、編集者である佐相憲一さんは、私の過去の作品を一作ずつ丁寧に読み込んで編集して下さり、栞解説文には示唆に富んだ有難いお言葉を頂きました。佐相さんとの出会いによって、眠っていた作品群が再び命を帯び、初めて詩集として旅立つことになりました。佐相さんの力強いサポートに、深く御礼申し上げます。

二〇一六年　春

望月　逸子

望月逸子（もちづき　いつこ）略歴

一九五〇年生まれ
一九八八年　短歌結社『未来』で近藤芳美に師事し短歌を始める
一九九八年　短歌創作をやめ、詩と音楽のコラボレーションの取り組みを独自に始める
二〇〇五年　『縄葛』創刊より、詩と随筆を投稿する
二〇一〇年　朗読CD『旅立ち』（吟遊詩人社）
二〇一二年　朗読CD『たいせつなものへ』（吟遊詩人社）
二〇一四年　朗読CD『祈り』（吟遊詩人社）
記録としての詩誌『つむぐ』十号（集プレス）に参加
二〇一五年　記録としての詩誌『つむぐ』十一号（集プレス）に参加

詩集

二〇一六年　『分かれ道』（コールサック社）

所属

関西詩人協会・兵庫県現代詩協会・「いのちの籠」

現住所

〒六六二―〇九五七

兵庫県西宮市大浜町　一―四一―二一〇　南方

石炭袋

望月逸子詩集『分かれ道』

2016年4月5日初版発行
著　者　望月逸子
編　集　佐相憲一
発行者　鈴木比佐雄

発行所　株式会社 コールサック社
〒173-0004　東京都板橋区板橋 2-63-4-209
電話 03-5944-3258　FAX 03-5944-3238
suzuki@coal-sack.com　http://www.coal-sack.com
郵便振替　00180-4-741802
印刷管理　（株）コールサック社　製作部

＊装幀　杉山静香

落丁本・乱丁本はお取り替えいたします。
ISBN978-4-86435-245-1　C1092　￥1500E